노견일기

3

정우열
지음

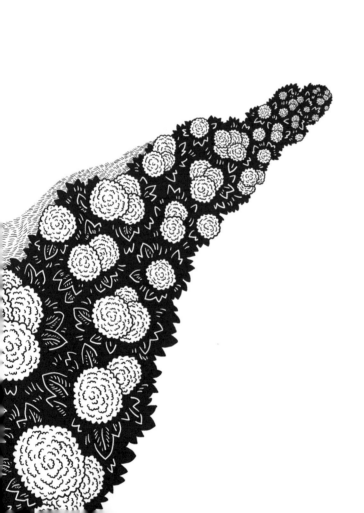

노견일기

3

정우열 지음

동그람이

이 책을 쓰고 그리기 몇 년 전,
저희 개들의 사진과 짧은 만화를 엮은 책을 낸 적이 있습니다.

책이 나오고 얼마 후 자신을 인천에 사는 40대 남성이라고 밝힌 독자로부터
이메일을 받았어요. 14년을 함께 산 반려견을 떠나보내고 슬픔에 빠져 계시다가
제 책을 읽고 위안을 얻었다며 감사 인사를 전하고 싶다는 내용이었습니다.
그런데 그 무렵 도리어 저는 제 개를 떠나보낸 슬픔에서 헤어 나오지 못하고 있었고,
마음에 여유가 없어 미처 그분께 답장을 쓰지 못했습니다.

혹시 보고 계신가요?
보내주신 메일 덕분에 저 역시 많이 위로 받았다는 사실을,
시간이 한참 흐른 후에야 깨달았습니다.

2020년 4월 제주에서

차례

프롤로그

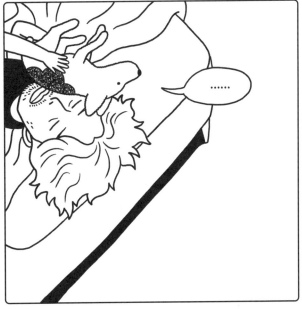

종이 뭐예요?

열다섯 살

망상

위잉

풋코 잘 지내고
있어요 ^^

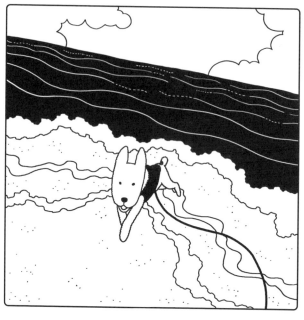

저랑 있을 때보다
훨씬 더 행복해 보이네요?
ㅋㅋ

별명

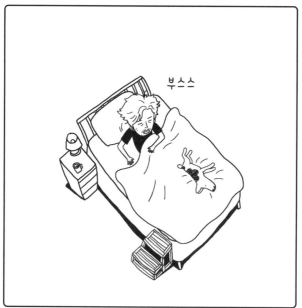

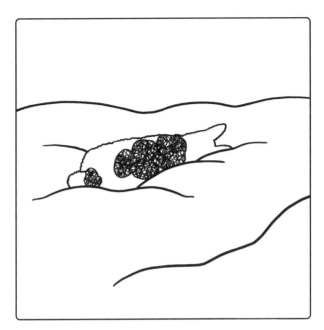

굿모닝,
바둑아

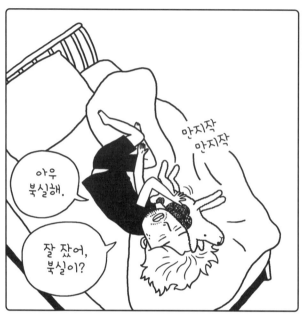

......

그렇지?

어쩐지
작은 이름
하나로는

마음을 다 표현할 수
없는 것 같은 기분이
들어서 그러는 거지?

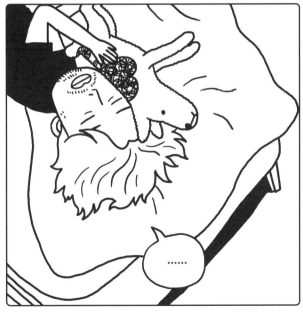

내일 할 일

……

그렇지, 푸코?

우린 내일
할 일이 있지?

야 근데 인간적으로
썰매는 개가 끌어야
되는 거 아니냐?

스르르르르르륵

좋은 날

소리는 아주 작은 강아지 때부터 1년 동안

전 주인 부부의 사랑을 독차지하면서 살았거든요.

그런데 돌이켜보면 저한테 온 후로는 늘 풋코랑 둘이어서

좀 낯설고 불편했던 거 같아요.

게다가 풋코는 소리 아들이지만

힘도 훨씬 세고 응석받이 똥고집에 아주 시끄러운 개여서 더 그랬겠죠.

그날은
소리만 데리고
나갔더니

너무 조용하고
평화로운 거예요.

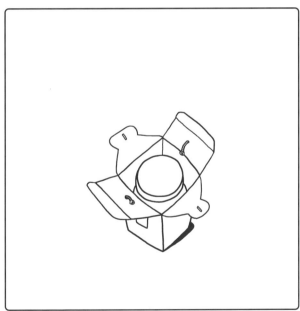

소리가 떠난 후엔,
더 이상 소리와의 새로운
경험은 생기지 않으니까

함께 있었던 동안의 일을
자꾸 되새겨보게 되거든요.

그러다가
깨달은 건데...

..소리는 푸코 없이
혼자 있는 시간이
필요했던 거네요.

잘 해볼게

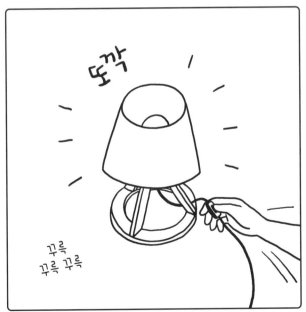

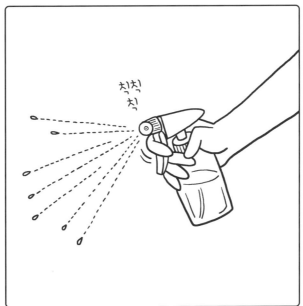

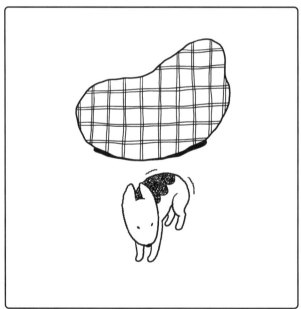

OLDDOG
INSTAGRAM
→ @OLDDOG

말 좀 해봐!

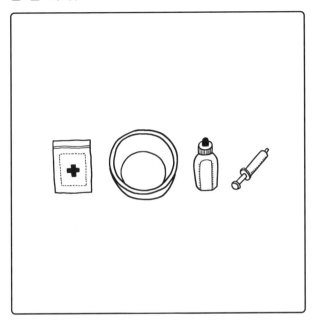

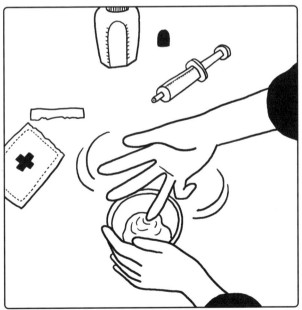

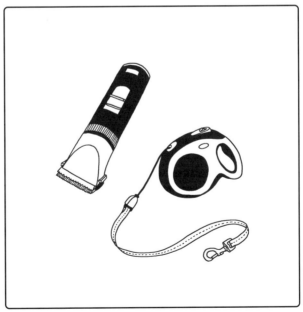

그때 사실
사면서도

과연 잘 쓰려나,
살짝 자신이
없었는데

······

벌써
1년 동안
잘 썼네?

그래서 말인데, 풋코.

이제 백내장이 꽤 진행됐네요.

○ 동물병원

135

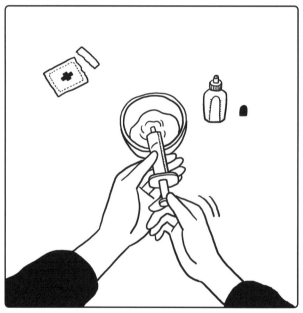

개농사

혁혁
혁혁

코코. 얘기
좀 해봐.

무슨 일이
있었던 거니?

혁혁

......

푸코.
하지만 난

너의 만행을
똑똑히 기억
하고 있지.

OLDDOG
INSTAGRAM
→ @OLDDOG

다녀왔습니다

살금~

후다다닥

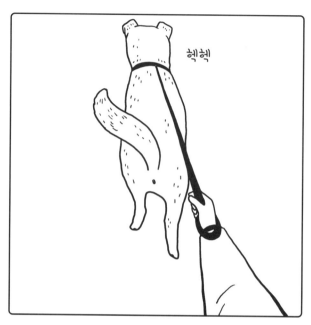

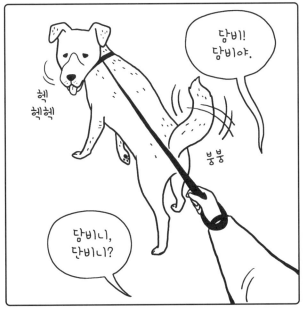

생일

풋코.
케이크는
샀고..

생일인데 뭐
더 필요한 거
없어?

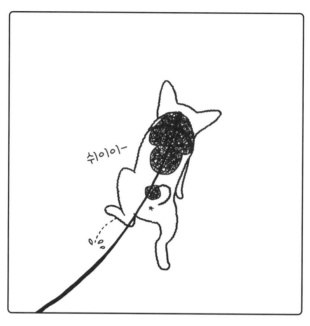

...가
아니지.

자,
찍어요.

후다닥

삑)ㅡ
삑)ㅡ
삑)ㅡ
삑)ㅡ
삑)ㅡ

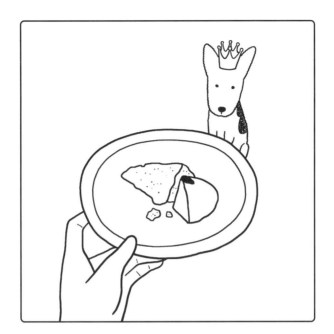

풋코 어르신, 생신 축하해~

많이 먹고 많이 싸고 오래 오래 건강해!

찹찹찹
냥냥

왜냐하면 꽃놀이는
꽃이 있을 때 해야지

미루면
못하는 거잖아.

봄날 오후

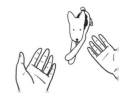

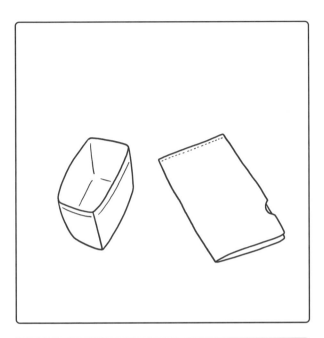

부으으윽
부우이으윽

부으으애애앵

부애애앵
왜애애앵

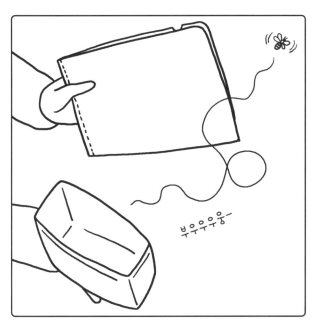

부우우우웅-

......

협상 결렬

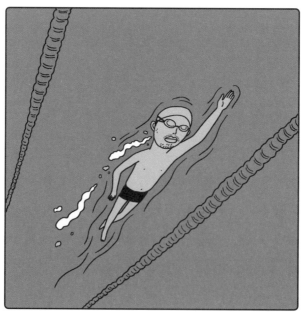

근데 감정 표현을
꼭 이런 식으로
해야겠어?

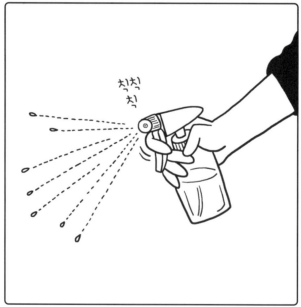

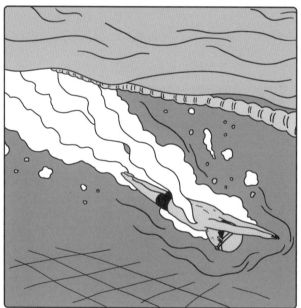

해명

헥헥

두리번

찰칵
찰칵
찰칵

찰칵
찰칵

거 왜 담 너머로
남의 집 사진을
찍고 그래요?

일부러 온 건 아닌데

근처 지나가다 생각이 나서...

......

실은 제가 여기 살 때 마당에...

철컹

어후, 수상한
사람 맞네
ㅋㅋㅋ

집주인 허락도
안 받고.

소리한텐 이 마당을
충분히 즐길 시간이
없었으니까

그 대신
이랄까..

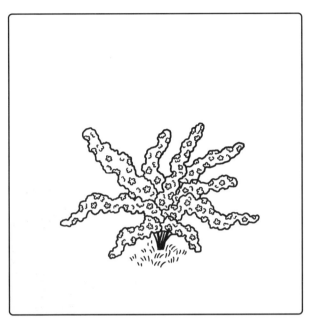

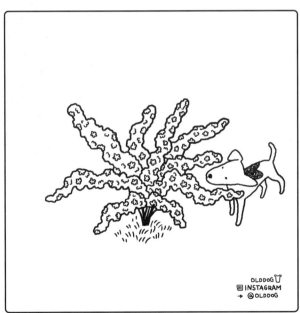

OLDDOG
INSTAGRAM
→ @OLDDOG

너의 이름은

·····

멀리
입양 가는데
이쁘게 하고
가야지?

그치?

막상 보내려니까
시원섭섭한데...

그래도
가족 될 분들이
너무 좋은 분들이라
안심이에요.

ㅎㅎ
ㅎ

코코 가족들 잘 만났어요.

많이 아껴주시고 사랑해주실 분들인 거 같아요.

그리고, 가족 분들이 코코 새 이름 지으셨는데요,

⋯⋯

후읍

흠...뜻은
알겠지만 그래도
좀 그런데?

왜?

풋코는 머지않아
떠날 테고
코코는 앞으로도
한참 살 텐데

풋코 죽은 다음에
걔가 풋코라고
불리는 걸 보면
마음이 너무 착잡
할 거 같지 않아?

음..나도
처음엔 잠깐
그 비슷하게 복잡한
심정이었는데

조금 더
생각해보니까
좋은 일인 거
같아.

그래서 말인데, 풋코라는 이름이 더 널리 쓰일 만큼

더 분발해서 살아보자, 라고 원조 풋코한테 당부했어.

듣고 보니 이성적으로는 납득이 되는 얘기긴 한데

그래도 마음은 아직 흔쾌하지가 않아.

ㅋ ㅋ

마음으로 받아들일 수 있을 때까지

그 개를 '풋코코'라고 부르겠어.

그러시든가.

노 견 일 기 3

초판 1쇄 발행 2020년 5월 4일

지은이 정우열
펴낸이 김영신
편집 이수정 서희준 한송아
디자인 이지은

펴낸곳 (주)동그람이
주소 서울특별시 마포구 성미산로 183 , 3층
전화 02-724-2794
팩스 02-724-2797
출판등록 2018년 12월 10일 제 2018-000144호

ISBN 979-11-966883-2-5 03810

홈페이지 blog.naver.com/animalandhuman
페이스북 facebook.com/animalandhuman
이메일 dgri_concon@naver.com
인스타그램 @dbooks_official
트위터 twitter.com/DbooksOfficial

Published by Animal and Human Story Inc. Printed in Korea

능멸과 존중과 위안

샥

총총총총

그건 함께 사는
인간으로부터

그만큼
존중받고 있다는
의미라서 그런 거
아닐까?